途中

——谢阁兰中国书简

庞培诗集

华东师范大学出版社

华东师范大学出版社六点分社 策划

献给 1917 年——

少年中国。新诗诞生。

——作者题记

目　录

途 中

1

有什么证明我白衣飘飘
曾在海上旅行？
我有过开始吗？我又在
哪里终止？

2

一阵咭咭喳喳鸟鸣声落下
覆盖这段灰暗日子的花瓣
哦,北方的清晨
多么辽阔
秋天一动不动
停伫白云间
透过一排排的密林
人察省自己的悲伤
阳光,从山麓草丛的蟋蟀声里
漫溢开来

3

我想住到一棵树的寺庙里去
住到声音斑驳的大树冠
在那高高的树梢
那里我的睡眠会像风一样
保持着海上旅行时的痛苦新奇
随着宇宙间不灭的尘埃
一起颠簸,仿佛命运
我的睡眠,身体是一个海浪
在夜里翻开来自印度的经卷
我的灵魂是古老的梵文
早在出世之前,已受过寂灭、涅槃
啊! 在销毁一切的海浪声里
涌现我个人生平的奇特资料、微弱声音的文件!
我的名字,我的信仰
风一样吹向干枯的大地……

4

我是另一个我
我是一个住在寺庙里的中国诗人
他每天只是担水、舂米
在松林里辟开一块地,种菜
我是这样的诗人
赤脚在山中石径
和林中跳荡的阳光一起问候
每天在万物静谧里
研读更加古老的诗歌
守护清晨林中第一道雾
那薄雾仿佛矮矮的石墙,仿佛轮船
自海上升起
……我端坐窗前,在另一个清晨
我将归来

5

啊！
来到中国
我多么年轻
脚下的这块土地
又是多么古老！

温柔与强暴
坚韧与脆弱的奇特混合
如同太湖和长江
黄河与紫禁城

我在纸上一遍遍抄写我的忧伤
我愿匍伏在辉煌落日的苦痛里
当塞外的骆驼队在长城脚下
仿佛被焚毁的家书一样经过
我在驼铃声中听到亲人泪泣
我远在法兰西的
年幼的妹妹！

可是当悲伤说出口
我是多么年轻
我又是一个人——无论怎样的荒凉、黑暗
都只身前往
有一天我走进了一部古书
虫蛀的孔眼。在《尚书》里
遇见了"希腊"、"巴比伦"……
这样光辉的字眼

6

我的心在沙漠的波纹间碎裂
我的到达仿佛一幢轰然倒塌的砖塔
塔高九级。在第一个百年
一座隆起的废墟
慢慢风化。在第三个百年
化身为尘埃，有着
佛骨舍利清凉味的尘埃
当一阵北方的风沙
黄昏时尾随我到达秦岭
露出汉画像砖上的铭文
我置身其间的这个东方国度
恍若露出旷野的墓道……

我的额上从此留有庄严
我的肤发从此映下浩瀚……

7

风景的全部涵义,不过是
树木喃喃低语
一名远行者能到达的,只是他可怜的心
遥远的边疆,坡上牛羊成群

这正是火车不受旅行者青睐的缘由
夜晚,我的影子如同一座积雪的山巅
有人遥望那座山峰
想起一首喑哑的歌曲

8

一大早
我抱着《圆觉经》
像抱着你年轻火热的身子
啊！玛沃娜

9

中国园林是一种遗忘时间的艺术
池塘、假山、凉亭
皆为颜料之辅成
遗忘时间,强调乡土、地域、宗法……
园中的青石、苔藓
模仿史前生活的山洞
最微妙处总是空白、空缺
留给明月清风
中国人待客人很好,待客如月
汉字书法也与月亮有关
利用阴影和线条
水的粼粼波光
草丛蟋蟀的低吟,在招魂用的
经幡般飘展的宣纸上
画下无声无色的岁月……
事实上,万里长城不及一张轻飘的
宣纸。了解中国,最好用手摸一摸
这种纸的绵柔纸质
摸一摸中国的心跳
摸一摸汉字的轻叹
我分别听到我自己
幼年时婀娜的美……

10

恒山脚下
盛产稻米和佛教
黄河两岸
流淌孤独和抑郁

11

我独自写信
信以及写信人已被烧成灰烬
我独自旅行
穿过海面雾朦朦一座孤岛
我独自爱
最终所爱的人比我更孤独
我独自回家
枯草的家。北方的家。积雪的家
一场大雨中窗户数出空洞无物

12

昨天,我们在沙漠里
仿佛步入了浩瀚星空,我们的骆驼队
被流星的锁链锁住了
整整一夜,跋涉在
北方极寒的乡土
我的灵魂是古中国苍穹底下
是天明时分
一道霜迹。在万千霜寒中
我痛苦而消瘦
是其中苍白的一粒
攀附在长城脚下的荒草丛中
我们的旅行从未完成
一开始就燃烧成了眼前这堆篝火
火光,吸引了四周旷野草木的寒气
树林深处千古的贫困
宛似泉边伫立的瞪羚①的眼睛
……昨天,我度过了
我在中国的第七个生日
我独自走过汉江边的乱石滩
惊异于对岸莽莽群山,仿佛
亲手点燃蜡烛的生日蛋糕……
在这里,我想起兰波
想起古代诗人陆游,也像他一样
雨中骑着毛驴

---

① 蒙古境内,中亚大草原出没,随季节迁徙的动物。

过剑门

我那乱石崩云的一生

在无限蔚蓝的头顶,归于空无

我是一座被砌的古塔

是古画被磨损的一角

是佛教教义或论文

是讲经、转法

是他们的新生

冰冷光滑的镜子

是爱情惊人的萌芽,但却无情地

要求弃绝

需要在荒凉戈壁滩,坚持生活,呆很长一段时间

无论世间怎样的别离,都治愈不了

自愿禁欲

行善或忏悔,都是徒劳,都是一纸空文

我的一生,是对美,对远方的

无益的尝试

惟其无益,才显得高贵

才比美更美

昨天……我来到这比美更美的国度

步入闪电的门槛

我的马蹄下踏着飞燕似的

金沙江、嘉陵江

江水奔涌不息,瑰丽,如此骄傲

像某人一周内写就的情书

大地空寥

酷似矗立的墓碑

是天亮前夕淋雨的碑石

昨天,我着手撰写远古

骄傲地低头聆听

人类悲伤的心跳
我的马把我带到山西的
应县木塔前
灰白而无语
在这片伟大的国土深处
冒雨度过一个黎明……我的心
仿佛远处伫立的不知名的村庄
那里的晨雾中
响起第一声鸡叫,召唤着
我那远在法兰西的童年
塔檐的风铃,久经风雨
铃舌一样的诞生地!
仿佛江南三月的油菜田
行进中的火车头!
啊!我的《历代图画》
我的《古今碑录》
我的《悠悠远古》……

13

我给你寄的，是一种光芒
是经海上痛苦的颠簸过后
所到达的永恒
是新近上市的福建安溪茶
茶叶般平静的智慧
是自豪与怜悯
（啊，石头热得发烫！）
随信付邮的还有这里摇摇晃晃的夏天
山脚下清凉的碧云寺
那里的五百罗汉……但愿
那里的时间吞噬老化
那寺庙空间里仪仗队的行进
芬芳的木料，倒塌的屋梁……

我同时寄出我的忧郁，我对你
重重飞檐，红漆金身的绝望的思念
那种吉尼奥尔的暗红色①
坠落。古旧的景泰蓝、玉器和花瓶
哦！我的姑娘

---

① 法国 18 世纪末木偶戏中著名的人物。

14

一个风暴之夜
我在中国的房门
已被我关闭
我牢牢锁住孤独
我不为人知的旅行和表白
我牢牢锁住：我童年的羞怯
我灵魂的热切

15

我，毛利人。海浪
一个中国主题，一名游客
失足的骒马的步伐
在长城脚下
我，远古人
次年 2 月与妻小在香港重聚
我，一本装帧精美的《道德经》
在想像与现实之间
溯江而上
沿途吟哦着"认识东方"
是有待重温的文字
不无骄傲的文学声名
依恋灵魂中的城堡
我，一种远行的神秘
精神求索者。秘密回声
太平洋海域的中国脉搏
我，天子
未知和已知
一封封谢氏家书
就像螺旋桨、飞行器或千百吨大榔头
也许是黄河岸边消逝的犀牛
也许是独角兽
留下的震颤足迹
永远不会止息
一个单纯的物体
当年骒马的蹄声

长江上扑面吹来的飓风
同时也是颓圮的城墙、落日、经文
石兽、狮子、大象、麒麟、卧马
……
在古老中国的残年夕照下
我，谢阁兰，著述甚丰
栩栩如生

16

太阳出来了
我就不冷了
我就像北方乡村的寺庙
停止了大榆树下的呜咽

17

静谧也许是风的功课
也许是这些早晨的祭献
郊外,整排的树一动不动,传递着
夜之肃穆
叶簇大概被霜冻凝结住了
一本无人翻阅的书注意到
清晨树的表情
它们仍旧沉缅于远古
在土地重新化为尘埃之前
世界,除了树的家庭
从未有人类的耕作在它们脚下发生
而且星空,古老的星空
在枝叶间絮语
在天亮时的每一片树叶上
树身被初升的太阳温暖
凉风,在苍白霜迹上
吹拂朝霞。白昼压向秋天柔软的枝头
如用旧了的枕席被抽离

18

太阳出来了
但又很快离开了
啊,这离别的愁绪
我生命中的惟一!

19

翻开黄昏的书卷
封面上有大西洋
有拉丁文签名
一艘远洋客轮
在消逝的帝国版图
劈波斩浪
我的目光停留在"岷山"、"黑水峡谷"
这样的地名
仿佛从中汲取了神奇的力量
啊古老的黄昏
这是用木头、沙砾、泥土和窟窿做的
旅行线路
我们的温情爱抚
全被浸在海水中
自从黄昏降临
我再也没收到过你的来信

20

我在黑夜离开你
你的脸庞在我注目的左上方
那么温暖
世间万物都有你的美丽
如同月亮,草木,光照
如同河流山岳
包括我白天经过的长城
双层的城门洞
那儿一阵秋天清凉的风
仿佛你爱情的赐予
我尽情地拥抱你,舔闻
你的秀发。青山延绵
我在一块残缺的路碑上
取得你奇妙的爱抚
一阵风沙,仿佛
当年的邂逅
荒凉大地展开你的裙裾
于是我深入大漠的旅行变成你迷人的
舞蹈,伫立
无论我做什么,我们都在走向对方
在最初会面的幸福里
我的骆驼,我的骡马
都了解这一点
明白我对你的感情
我们相距万里
我们共同前行

21

秋天夜里的蟋蟀声音
多么像童年的心
手捧年少时的村庄
来到这荒凉的北方

半夜,那只蟋蟀还在叫
直到天色微明
多么形象的比喻
——童年忧伤的你

大地哽咽着
接纳你陨没、凋零……

22

你不知道你损失了什么
你损失了风
起床,在半夜的椅子上再坐
一次,你损失了死去的母亲
天色微明
一双哭泣的手
你不再能握着

有时我凌晨醒来
风正吹进我空空的房子
雨水凌乱的风
北方含泪的眼眸

白雪皑皑的青海
恍似儿时的新年
旅途的忧伤
庄严神圣

依偎在冬天怀里
你不知道你损失了什么

23

这些河流
这些山脉,仿佛一架缓缓转动的钢琴
山间冬日的薄雾
荒芜中落下琴盖

我远行的一生是为追寻一种天青色的天籁
我抵达我生命中
被遗忘的部分

24

我只留下来一样牵挂：一座山脉
一缕清晨从我眼前飘过
雾中露出一个北方村落
一堵短小、粗笨的石墙
我曾经在这里。我们的旅行
绽放在墙脚
群山高耸的一朵野花
这片僻静的风景
表明我们质朴的存在
在马蹄声中，隐含着死亡……淡淡的
芬芳。我们遥远的到达
片刻消亡

25

清晨醒来
我被太阳光温暖地浸润
像无风的树叶
像头顶上这座不知名的庙宇
像同行的骡马队列
即将攀行的黄土坡
仿佛，我比以往更懂得神秘
更熟知生死无常
高山比邻接踵
山脉无限悲怆，无限静默
不远处，一座破落的城楼只剩下石基
一只青铜的牛守着入口，城墙
土和砖砌的
里面是一个死城

——我像树一样恪守无常

26

有时候，爱的惟一证明
是孤独
还有最冷的冬季和身处异地
周围莽莽苍苍的群山
北方飘雪的高原
落下来的雪，仿佛就是我的心灵
从刚刚降临的夜幕来看
是些散乱的白色斑点
在如此剧烈的寒风呼号中
雪仿佛不能证明自己是雪
正如我和你
不能让对方听见思念的心跳
今夜我的爱完全是旷野中
暗黑的山岭。我的爱
荒芜、亘古
如同自然界的肃杀
亲爱的，你的美让我如此孤独
我坐着一动不动
已死去多年
我旅行，仿佛古代山水画中
一个枯索的人物
……

27

深夜。一封信或一首古曲
书签被搁到一本书里去的悄然感觉
灯也仿佛照亮书的内页
尤其在书合上
夜晚真正开始时
没有人看见我在做什么
我在爱你。在用一种寂然
抚摸我的童年
我瞪大了眼睛
……

28

苏州。胥门
吹进弄堂的第一阵秋风酸酸甜甜
水汪汪,预告严酷肃杀的冬季
水乡积雪,年糕一样厚
河埠头翻乱的黄历上
择出一页观音生日

由于古老,街市踩成一个迷宫
刚足月的小孩被抱出迷宫尾端
东门。西门。北门
水的甬道
围墙波光粼粼
河水有方砖砌痕

古老的朝霞摇着小船
到达斑驳
威严的盘门。城门洞有一小巷
有大的粥棚。对面
古戏台
没有人记得最后的曲目

29

我有与众不同的黎明
一只出征前的手
黑上衣。一页诗稿如一柄古代的佩剑
江面,轮船的汽笛
被晨雾和霜降
层层缠裹
曙色初现的爱情
正绕经一处海岬的灯塔
似心跳,久久不寐

我有与众不同的海浪
我的高山跨越陆地江河
似飞鸟停栖。《佛经》
或《庄子·内经篇》中的鸟
我有与众不同的停栖
停栖在远古
白天我曾途经一座空空的寺庙
寺庙外面,一株冬日参天的银杏
牧童骑在牛背上
我的牧童短歌
我的水手飘洋曲
我的深山潜修
我的尘世的爱情
我的辗转醒来
我的黑夜
我的黎明

傍晚轮船停靠的港湾,升着烟
我从远处瞥一眼这陌生国度
这惟一生机勃勃的人间景像——

站在旅馆阳台,往下
仿佛在瞭望一个神秘星空
而在大海上
我也有过类似的体验
一排排巨浪,奔腾浩淼
永无休止
所有人间的灯火、城镇、闹市、宫殿……
都迂回、湍急、咆哮——
辽阔的乡土宛似苦涩浪沫
簇拥在浮云脚下

在白云、群山、大海之间
我该去向何方?
在智慧、沉痛、愚昧之间
我又作何抉择?
海洋是我的襁褓
陆地是我的断头台
沙漠是我的心迹
夜晚星相是我的笔录
哦荒凉! 哦美丽……
我清醒似一个浪
我颠簸似船
我荒芜如一阵风
我不安如爱情
我悲戚如歌
我忧心似焚

我甜蜜如灯火，如最初的会面
我深思熟虑如同弃绝
我只身前行如同雨滴

30

我睡在一颗星和另一颗星之间
我的床榻是永恒童年
仿佛菩萨的衣褶
古希腊大理石制的苍白胳膊
我听见远古归于一抔尘土的
雕塑师的刮刀在我耳边
而纷扬的灰尘里
有最细腻的感情
最明亮的阳光
——当头脑中的诗意,臻于成熟

31

在中国，我逝年 31 岁，属虎
故里已无亲系直属
儿时院房被洪水冲垮
后世曾修复，又倒塌
如同其他中国普通的百姓
生活在废墟中
街道、时间、族系……层层缠绕
我曾有幽静的园林
在其中假山遮挡的小径深处
设有花木掩映的禅房
布局错落有致，造型
古雅朴素
我喜好雨天的莲池
杀人无算
又在凉亭一角习字，抚琴
我的双手最终和失传的桐材相仿
一样空洞、雅致
地底下腐烂
我以一支乞讨人群改造的军队
24 岁时起兵，直捣皇朝
死在大雨中或亡命于遮天的箭雨下
我到达湍急的金沙江边
亲眼看到了自己的死亡

32

一只蟋蟀在秋夜草丛
轻声安慰：
啊，你这名过路人
虫腹里的诗人
你的体面辉煌
你渺小的生平全在这凉凉、薄雾的秋夜
全在我这里——难道我的声音里
没有诗的美好？

难道我的围巾不够暖和
难道我的执拗
不够孩子气？
身下一处黑暗的庭院
触须碰着一个废黜的皇位

33

我的祖国和我隔着一条河
一条夜晚的河流
岸的倒影中
我仿佛看见：
童年村庄的潋滟波光
无名远方一样的夜雾……

34

沙漠的波纹指向远方
失去的青春动荡不宁
沙漠，我们的课堂
我们的纯真年代

曾经是巨鲸出没的汪洋大海
转眼成粲然一笑的荒漠沙丘……

35

一名书生，身穿白袍
携一把剑游走江湖
确凿的生平宛似户外徐徐清风
将我带往遥远的古代
那时的人们风尘仆仆，讲究"忠孝节义"
主张舍身求法
风云变幻的年代
帝国的大厦将坍
一个人挺身而出
——这一形象，这个清晨
随着初升的朝阳
涌上我心头

36

一个个村庄,紧挨着村庄
村口小路总绕经河道
一个小河湾,如同
村上人家的梳妆镜
你要走出五里路以外,才有大河
有古老石拱桥
船在行驶,但几乎不动
那些天里河里的船和浮云
水里的船和岸一样透明
田野透明,空静
无物
惟静静的江南空悬下一枝桨
桨橹划动早春的薄冰
天气晴好。我去看望村上的小孩
我下午脱离众人
经过一个叫"赤岸"的村镇,看见
浸在水面回娘家的一张新嫁娘的脸
脸庞的涟漪多么俏丽、圆静!
啊! 我也走下河滩
仿佛那里有我的新娘
太阳照着我——爱情
是我即将到达的下一个地方!

37

一只跃上枝头的小鸟知晓
晨风多么轻巧

在古代
在一个清晨

你曾经是我
我曾是枝头那只小鸟

38

早晨醒来
你在我怀里
在你身上
捂着黎明的心跳
啁啾的鸟儿向我描绘
草丛湿漉漉的露水
田野的薄雾深处
你红扑扑的脸……

39

书籍,阳光,我有了
老年我也有了
去年冬天,我看见了雪山
重温一遍我俩的恋情

40

我在世上的这一天
孤零零的一天
多么充实，多么好
孤独得如同一条大河的源头

啊！骑手骑在马上
牧民们并没有损失他们的牛羊
相比较眼前的阿尼玛卿①
我又是多么渺小！

---

① 甘肃四川交界处的雪山。

41

现在是午夜了
我的海军部译员身份仍旧有效
可是我的血液,我的心脏不行了
承受不了高原肆虐的风

经过了六个山
损失了两匹骆驼。一匹马
摔到底下湍急的岷江
损失了两箱食物,一箱佛经

除了心中的兰波
我身上的银两和焦虑
我不知道我还剩下什么
勇气? 一根剔牙的牙签?

这些风夹杂雨雹
今晚不会停。整整三天
我们的驼队停在这个黄教村子里
动弹不得。不! 明天天一亮就走

向导睡死了
渡河的艄公白天逃得无影无踪
厨师的锅坏了。村子
仿佛失事的船只在飓风中……

明天……前方还有更高的群山

前方百丈黄沙——
乱卷的乌云下面
世世代代的黑暗

42

用石头做的呼吸
用清泉做的床
用激流和悬崖做的身子
用悲伤做的船工号子
用冲天柏或高山松做的肩膀
腰系草药,竹筒盛水
你的脸被拓印在千年石碑上
你走下东方光辉的台阶

用石头做的手
用格桑花做的名字
用马的响鼻做的阳光
用山间小径做的眺望的目光
用松果的壳做的虚无厌世
用树叶和松针做的探测
……这神幻莫测的前行
被剥离,被层层风化

43

在我把这个中午过完之前
我要留在古代的庭园，像一小块
破碎的瓷片
留在花坛、莲池和听雨轩

我看见的一个灵魂
是青石的井栏
我身体内的桐木
落叶萧瑟

空气吹来农家灶间
饭菜的热气
一小片青瓷的阴影
沁入泥土

44

轮船穿过薄雾
到达久违的家乡
啊,这江面上的朝霞
是我儿时的故园!

随着朝阳
新的一天在眼前
我激动地扶着
甲板上的栏杆

这奇迹降临的一天!
仿佛最美的肉感
仿佛果实绽裂
村庄获得了丰收

当恋人们久别重逢
我正在山口与狂风、驮马搏斗
在大雨中寻觅当晚的宿营地
尽量体面地挣脱命运的怀抱

新的人生,新的波浪
正在开始。雾中的汽笛多么好听!
这声音穿越了一个神秘国度
这声音里有早晨彤红的光,彤红的远方
……

45

我落在白云后面
我们的驼队落在山巅顶上
有时候,我无法相信我是他们中的一员
也想不起自己是谁。仿佛
最终是一颗失忆的心
跋涉在艰苦的路途……
我们要依靠失忆,依靠短暂的死
恢复各自的体力
面对高原的阳光
我已想不起来人类在做什么

我的过去变得遥远
我的身世,似乎和牧民们相仿
他们死后多年,仍在慢慢地咀嚼
羊群在白云间的滋味
而黄河,那条年迈、浑浊的大河
在附近游荡
啊河水游荡的影子
是我的往昔

我的有关人类社会的知识
大部分失效,不及随身带的枪刺、子弹
不及我那张西方人的脸
这些黧黑的高原峡谷
这些好客的村民
(他们从未听说过《圣经》)

我究竟能给他们带来什么？

……落在白云后面
我途经的地方；我从未到达

46

悲痛的航行仍在继续
我无法作美的停留
我既已置身湍急的水流
就无法让自己归属陆地
能够到达的目的地，或许
是夜色本身，跟深邃的夜空
一样未知，我自己
也是未知本身，与我途经的一切相融合
我是中国人，欧洲人，日本人
我来自巴黎、德格、香港、南京
来自偏僻的雅安府
宝鸡、北海道、波尔多……
甚至无法追溯的古老种族的一支
我来自南太平洋的海滨渔村
来自陆路无法抵达的高原绝域
除了孤独，没有其他信仰
我的信仰在途中
不停地航行以及如何让船只避开隐滩
是我虔诚的祈愿之一
眼下这条由嘉陵江转称为长江的
河流，是我至圣的天主
江水是我的大教堂
水流奔腾，回荡的钟声——
来自海上飓风
啊，我灵魂的钟绳荡漾在风里
为什么一名纤夫的一生不是我的一生呢？

当他赤脚抵着江边的绝壁
用肩膀吃住逆流中船的力
我的命运果真是在上游
顶着冬天凛冽的寒风?

47

江水，这清晨的读物
从我的船旁流经的这些江水
百年后仍在书写、吟哦
讲述着雾
尖削的礁崖
山道上一名砍柴人的身影
讲述穷苦人的生平
在西南省份，在巴蜀国
贫穷是一种宗教
我每天看着这些船民、码头工人脸上
焕发出的快活，仿佛一轮旭日
轮船从雾中假借峡谷的一道激流
躲避冬日的寒酷
我每天看着这浊流，这山水
这船舱里堆满我从沙漠和戈壁带回来
佛像的头，壁画残片
各种陶器、经卷……
挖掘，是另一种被毁
珍藏，是后世的无计可施
我本人，我的船，这次航行
早在我们勉力航行之前
即告沉落
我们从未驶出过永恒一步
水的流速，粼粼波光，仿佛被撩的衣角
船舱，仿佛西北山上的一个洞窟
听呀！你能从这些"汩汩"水波声中

听出江水被千年风化
听出我旅途的苍凉

我所携带的一切皆属空无
旅行着的人，是一座废墟
"人是尘土，必归于尘土……"
而在一撮尘土跟另一小撮尘土之间
人如何相携相助，如何相爱？
倾心垂怜于对方
人们如何彼此看见？
在什么样的歧途上，他们会心一笑？
有了穷富、高下、贵贱之分？
这生命的漫天风尘，这如同创世一般
古老的冬天，谁能肯定
我们的身体不是冰与冰的相撞
不是山崖下的滚滚浊流？
当一尊佛祖的头掉落在地
我们如何彼此温暖？
……
静静的江水
古老的经卷
紧贴的心跳
相挨的脸庞

48

天要黑了
我拿到了命运的判词
或许出世不久，这些判词就已成立：
我被判在一个黄昏
独自一人度过
整夜无人交谈
我被判到一个陌生国度，
仿佛自愿流放……

去生活，去旅行
惟一的目的：去死！而且不为人知
文学是一种反抗，但不过
是被缚，被判决之后的反抗——
我用"东方"两个字来反抗
啊我的中国时刻
我的黑暗恋情！

判词之一是皑皑雪峰
是我去年在重庆，涉险进入长江航道
长时间暗哑之后，翻越太华山
是雪中跟随驮队跌跌撞撞
是惊喜莫明收到大堆家信
孤寂中哽咽
而远方无可更改
……

判词之一是：窗外
冬天到了

判词之一：一本书
突然打开

49

树林落下一场雨……
雨啊,我的兄弟
我被孤苦的前行所差遣
我被选中去完成造化
是江中的漩涡
戈壁荒滩的落日
黄河岸边早年途经的一支义军
我的旌旗猎猎作响
而在驮马不慎失足,湿淋淋翻落雪山
在我的穷途末日
雨啊,我和你——我们心心相印!

50

——我与瑰丽的石刻见面

我见到的这一尊佛像
可曾有人见过？
在这个阴暗的殿堂，好像
它完全遭人间遗弃
被人遗忘了
啊！那笑容，那低垂的眼眸……
佛像脸上，仿佛
有着黄河的水波

什么样的工匠，渡船过了湍急的河？
什么样的马队，能够运送这么重的石料？
如此崔嵬的衣袍
腐朽几千年，仍旧坚固
巍然屹立于万千重的死亡

啊泥塑金身的河岸
仿佛早晨刚刚完工
萦绕其上的晨曦，才刚刚散开……

河水，你本身就是那透过云层的霞光
阴暗的石刻，你匍伏在中原农村
潮湿的心脏深处
你等待和我见面
等了多少千年？

整个西方——法兰西、英吉利、爱尔兰
意大利、德意志……都在我扑扑跳的心里
我一人身上仿佛有几十个大小国家
我身上汗水嗡嗡
而你,你坦然的身姿
多么倨傲、从容
象征着穷人中间最穷的一个
俯瞰世间困厄、错黑、颠倒众生
噢!多么华丽的痛苦
多么明亮的煎熬!

51

假定后世的人还记得他
他们会说:他的手上曾经拿过两本书

轮船航行过大海
仿佛骑手骑跨在马上

他们说:他每天晚上
都在等爱人来信

他到过的那个国家
很多地区和村庄,久已湮没

这就是我在一天午后做的事:
我踱出古南京城门。我的手上拿着两本书

52

每一天都像巨大的返回
我好像正在回家,甚至
从未出发启程
我踏入的虚空如此广漠,耀眼
不敢相信我的眼睛已经看见,或正在看见
我走到荒漠尽头
每晚,浩瀚星空尾随我
始终是旅行的意图而非
旅行本身。似乎
我无力走出我在旅行中的任何一步
苍穹之下
我从未到达任何地点

53

我的记录包括一双眼睛
一双在甘肃和四川
黄河边消失的眼睛
蓝色逶迤的群山的眼睛
我记录下了那其中的阴影

这是一双藏族少女的眼睛
来自峭壁上的马帮铃铛
来自黑夜的横断山脉
在寒冷的清晨
松林和破晓的天色——

曾经，在亿万年前的昨日
她们和神山相视一笑
彼此凝望
颔首会意——那一刹那的目光
充满了峰谷雾岚……

当冰川粲然一笑
高原落下一场流星雨
这少女眼神里的期盼——
我不能记录下她们的圣洁
我只能记录下她们的乌黑

54

姑娘，你来自黎明
你来自大地上最初的高山
你有一双褴褛的双足

姑娘
你牵着马，模样小巧、黧黑
令群山倾倒

在你 17 岁的嫁妆里
有一对喜玛拉雅荷包
马儿打起响鼻
松枝抖落黎明的露珠

天突然亮了
（啊！我来自另一个清晨）

伤心是一件非常小巧别致的事情
犹如藏族女孩的银饰

55

上午,在朦朦细雨中进山
中午,我们遇上高原上最烈的太阳
午后,一场暴雨把大家全淋湿了
……此刻,绝色的雪峰不停变幻
天堂一般,不食人间烟火
山峰,像被镌刻在
神奇的电影胶卷上

牧民们,他们所抱的,深藏起的希望
往往很小很小

雨洼村。草原上的花:芸萝
报春。色金美朵(黄色的小花)
耀日美朵(红色羊角花)
在一天的任何时间里
空气都像是在清晨……

神灵多得就像家里的亲戚一样
有一天,我们去的两座寺庙,我全不知道名字
我们进去时,寺庙安静得
仿佛主人暂时不在家的农家院落

一个村庄的遥不可及的梦幻
慢慢地,一点一点被黎明后的天色
浸染。
大地神秘的岩页,呈立体状

一切新鲜得恍似一本睡前读物

修房的藏民中年龄最小的
只有六七岁模样

56

村庄的形状是一头牛
或卧或躺。溪流边
夕阳下拖着沉重的牛轭
每个村庄,都呈现这头劳作中的耕牛
一个侧面:思溪、秋口
碧罗,五里,箭头……
喜波热藏,大畈……

水流描绘屋顶的黑影
农妇洗手时想起她年轻时的嫁妆
岁月"哗哗"流响
热热的稻田
在一片蕨叶上

水由"龙"和"凤"两字组成

一只鸟和一棵树说话
声音哑哑的,那是早晨还没发育的小树

57

桌上摆着两本诗集
诗的灵魂
被夜的镇纸压着
窗外，春夜
我想着无限遥远的白天
是否下楼，去园中独步……
但楼在哪里？夜在哪里？
花园又在谁的梦中？

所有的哭泣，所有哭泣
此刻汇聚成一种听觉
除了黑暗
我一无所知。我对生命一无所知
除了黑暗和悲伤
除了一本陌生的、也许永不会翻阅的诗集
我没能成为一名诗人，大概
源自一次未能成行的独步

我下楼。音乐的夜雾
弥漫进脑海
弄瞎了双眼
我分明是在人生的大海边
踩着比任何生命都更加孤寂的沙滩
听着潮水声中，我年幼的心跳
我对人世的告别……
但海水四散跟跄。海水在问：我是谁？

58

我不是一个在时间中的人
我不是一个你可以见到的人
我没有日期
一阵风吹过热热的土地
荒凉的村庄
已空无一人

墓碑要重塑
野草会重生
这之前我没有国家。我的国家
如同青铜器上锈蚀的纪元
年号

我远远地看见先祖的祠堂
我远远地看见了剥蚀和渺无人烟
来吧，新绿
来吧，柳枝拂动的大海
春天伫立在消逝的陆地
——我已离去，不再归来

59

把佛像画毕,饱蘸着清晨
春天这样的颜料盒
在峭壁,一阵风吹着我沙漠中的脸
晨风正把树叶和露水吹干
太阳
富丽奇巧
破碎的心
又见斑驳的太阳
一卷旧画上的太阳
我躺在洞窟的阴影里
运用这年代不详的美

60

中午到下午
就像海难中的溺水
从水面到海底
慢慢沉落。光线
渐暗

没人知道我的脸
风暴过后无人知晓风暴
桅杆,一只黑天鹅
折断的翅膀
巨浪的羽毛纷纷扬扬……

大海的、或者说命运的终极宁静——
是人独自在他的旅途
独自和一个笑容般的漩涡
一艘沉船
一阵黑暗的歌声……

61

茶甜甜的
我醒得很早
起床后一直把门开着
如今，早上起来我已看不到人了，只看见马匹
群山和马匹

62

今天会有太阳
会有一种声音前来清算
我会在悲伤里呆到天黑

63

在一片树叶底下
摆放着我的诗集
仿佛出行，玩笑
陌生的地名，遥远的城镇
等待收割的田野
女孩脸上初春的光

我死后依然看见的天空
闪烁字里行间
恰如一阵风带来
我熟悉的清新

我的脸上，仿佛落下
宇宙的一滴泪
对于这样一本薄薄的书
死亡是如何动了恻隐之心？

万物匍伏在一阵风中
如草木枝柯一样起伏、虔诚……

64

轮船召唤着寒流
像古代的勇士身怀宝剑
我童年的心热烈追随
故乡白茫茫的江面
大雪纷纷……

2010 年 9 月　一稿

2010 年 11 月 5 日　两稿

2011 年 7 月 26 日　夜改定

附　录

给黄蓓的信

黄蓓：

我以为"时间的求爱声"对历代各语种诗人是共通、共同的。喻指时间复活、生命亘古之意。诗人的出现，他的写作、作品仅在于激活和修复。时间，好比无人区的苔原，召唤是永恒的，而诗人、诗作者正是听信召唤历经磨难而出现在地平线。在他身后是成排人类的族群。这种时间的复活，集中在 19 世纪末这个时间段，东西方之间的人文碰撞，尤其明晰和珍贵。这就好像大军将至，而渡口仅剩余一艘渡船。1909 年前后，谢阁兰、克洛岱尔、庄土墩等来华英美人士，正是此湍急河段少有上得渡船的幸余者。无论他们写出怎样的文字，必定在后世焕发异样的双倍的光采。历史和个体，时间与诗人，就是这样相交融，"道法自然"，成就着《碑》或《认识东方》式的梦想和奇迹。

关于《书简》全诗的地理方位，我仔细研读过谢阁兰先生在华 8 年（前后三次）到访过的各省地点。我发现，他其实比一般西方游客更早抵达当时人迹罕至的偏远省份，比如，他到过西藏；比如，他经甘肃、陕西，穿越了秦岭去往四川。这条古道是唐代或唐以前（如王勃）中国人去往南方必经的险道。所谓"蜀道难"，而谢阁兰无意中成为了晚清和民国相交年份少数真正一探蜀道之险的西方人士，这一点，当年连很多的中国人也难以做到。他主要呆在天津、北京。然而，他日后游历的线路足以显示出他对中国古地理的热爱和透彻了解。我的诗集尽可能去反映这名了不起的法兰西诗人的自然真挚情怀和雄心。他的作品《碑》，我晚于自己的《书简》写成一年后才读到（以前读过零星片段），我极喜欢。他和另一法国诗人不同之处是，他进入古中国文明之深度。他学习并模仿的汉语的各种微妙文字表达，且尽量不动声色，采用了汉赋、华章等古歌体形式。他把自己想像成了一个帝国之初的中国人,亦即:汉人。谢阁兰书写中国的很多文字,局部已经汉化、中国化了。当他热爱中国时,他渴望有一张东方人,乃至汉人的脸,这一点特别神秘,特别了不起。而跟《认识东方》(克洛岱尔)作者之形大相迥异。

这是年轻的法兰西血液在古老东方的中国血管里最初兴奋的注入流动……也许,他的医生身份帮助了他。他对汉文化的认知里有现代科学之敏锐。他描写西北黄土地的文字有着手术刀般的精准。这是令人欣慰的现代诗意。在这一点上讲,他和契诃夫(另一作家兼医师)相像。

总之,你有想法尽可以交流。此信也可作为我上一篇短文之附记,方便更多译诗的读者。

庞培

二〇一三年十二月四日

庞培的《途中——谢阁兰中国书简》：
人们如何彼此看见？

夏可君

　　如果在这个网络时代我还想再次拿起笔写一封信，一通通书函，那一定是以诗的语言进行，那一定是写给一位从未谋面，也从不相识，但却在梦里久别重逢的故人：让他的目光在这一封封无法投递的书写中转向我，让我成为他的判词，脚步只能被他的马匹撞开的远方修改，泪水只能被戈壁上照亮他背影的落日点燃，我愿意我的生活从此成为他旅行的奴仆，只有当我的心装得下一座废墟的孤独，我才能抵达一块疲惫等待的墓碑，上面早就镌刻了他为我写就的一生诗性的行状，而上面斑驳陆离的文字早已被我的泪水浸透……

　　如果谁还能够让我如此遐想，那就是庞培 2011 年写出的《途中——谢阁兰中国书简》，诗意的目光仅仅寻找的是另一双目光："人们如何彼此看见？"在一个越来越切近的时代，需要多远的距离，我们才可能以诗意的目光看见彼此？在庞培，这是来自于异国之人之"多异美学"的引导才有可能，这才有他与谢阁兰的奇妙相遇，"自我与非我相逢此地，在旅途中这最远一点上"——在《出征：真国之旅》一书中谢阁兰如是说。

　　为何庞培在谢阁兰辞世几乎一百年后再次寻找他的目光，再次让他在汉字中重新醒来，如同但丁的维吉尔，重新引导自己的目光，穿越那已经不再存在的祖国——那诗意的祖国，自此晚明以来就丧失的诗意祖国？这需要有一颗华丽痛苦与明朗煎熬铸就的隐秘心脏来承受？为何需要这个异域游历者好奇而坚定目光的引导，现代汉语的诗意才可能回还？为何现代汉语需要一次逆旅，才可能找到自己的脚踪，读懂早就写在自己额头上的判词："落在白云后面／我途经的地方，我从未到达"。现代汉诗必须以此悖谬的步伐重新出发,因此才有着诗意的再次来临?

现代汉语诗歌需要一次真正的旅行:它才刚刚开始,在庞培的书简中,一个诗意的祖国,真切的祖国才可能,让想象成为统治,让自然的地理窒息想象后,把虚设的自我归回。现代文学要穿越的是汉字已经被堵住圆孔的那一个个小钱币,要把这些语词的零钱串起来,必须有着穿越墓地的目光。必须让诗人成为一个出征者:"整个西方都在我扑扑跳的心里",因为:"我一人身上仿佛有几十个大小国家"——现代汉语终于有诗人写出了如此博大的句子,"所有诗人都是汉语人"——我这里的汉语人并非中国人,而是以汉语的诗性祖国为真正旅行的人,如同诗人写道:"我被判到一个陌生国度,仿佛自愿流放……"现代汉诗与俄罗斯和东欧诗歌不同,也许不必经历异国的流放,反而通过异国美学的反照,经过内心的流放重获诗意,汉字的心跳,句法的神经,时态的呼吸,需要旅行来塑造它的步伐。

这里,就没有诗歌的评论,只有一封封等待再次发出的信函,它不是按照从现在到未来的方向,它是沿着从未来向着过去的方向投寄的:回忆与哀愁化成两本书折回了诗人的目光,谢阁兰的目光被庞培的指纹牵引,在相距万里中共同前行,在时间的距离中心心相印。庞培深谙此时间逆觉的诗意旅程,倒流中的时光如同展开画卷上描绘的一个清晨:"你曾经是我/我曾是枝头那只小鸟"。

因此,我们就能彼此看见,因为,诗歌中落下的泪水就如同:

> 宇宙的一滴泪
> 对于这样一本薄薄的书
> 死亡是如何动了恻隐之心?

——对于虔诚者最好的礼物是:孤独的泪水,因为这是爱的唯一证明。

为何现代汉诗需要借用一位法国诗人与考古学家谢阁兰一次二十世纪初的旅行,开始另一场新的冒险?诗人的题记告诉我们这本薄薄的诗集是献给1917年的少年中国,那新诗诞生的时刻,是的,庞培试图回到少年中国出征的最初梦想,再次出发,重写诗歌诞生的时刻,让现代汉语重新上路。

首先,汉语本来就是在旅行中发生的,汉语的空间方位感需要在旅行中培育,如同"四方"的方位形成了汉语汉字原初的思维定势,而谢阁兰的诗集《碑》竟然就是以东西南北中的方位来布局的。因此庞培的书简也重复了如此的空间构架,这个宇宙论的方位构架依靠什么可以重新托起?谢阁兰以"碑"的挺立,文字的昂扬,还有历史的苍凉,尤其陌异目光寻宝的痴迷,但当代诗人呢?哪里还有碑可以确立?碑文已经风化,文字已经模糊,道路已经涂抹。因此,对于庞培,只有书信体的喃喃倾吐,选择古老的书信体,尽管并不严格是书信,这是在模拟谢阁兰写给他妻子或者朋友的口吻,简约,清奇,问安,吟哦,寄托。书简是要寄送的,是要远寄的,因此不是我们现在的邮路,而是诗意目光以回溯童年纯真飞翔的梦想来展开的,以自然的元素来塑造的(如同第29节的排比式抒怀),如同8×8六十四节诗节所隐含的《易经》的八卦结构。

汉字之为汉字,如果有着新的可写性,乃是给出问候,给出新的童真的清纯的问安。这个古老的书信体,尽管并不严格,却有着诗意的轻捷,有着问候的絮语。这些书简如此亲切,似乎就是写给我们的,从很久以前就发送给了我们,但我们现在才接受到它们,这个晚到与迟到的阅读,在庞培这里的重新书写,带有时间的错觉,恍惚一片,这也是诗意重新来临的时刻,汉字在这种远近之间,在寄寓与寄托之间,"倾心垂怜于对方",才可能重新获得陪伴的节律。

那么,其次,汉语诗歌的写作需要在游历中形成?汉语的诗意内容与空间疆域的拓展需要诗人的旅行,重新建立与自然风俗和四方空间之间的远近关系？当我们从《诗经》的近处游离到《楚辞》想象的远离（《离骚》就是远离），从古诗十九首的"青青河畔草"，到唐诗李白的壮游与杜甫命运般的逃离，直到宋词对离愁别绪的歌咏，离开了别离的游走哪里有汉诗的发生？这也是为何谢阁兰作为欧洲行吟史诗传统的继承人，接续兰波的青春冒险的出征，去往更远的远东，为何要去远要极远？"远"才可能带来诗意？书简的问安有着接近的渴望。

庞培写道：

> 我对生命一无所知
> 除了黑暗和悲伤
> 除了一本陌生的、也许永不会翻阅的诗集
> 我没能成为一名诗人，大概
> 源自一次未能成行的独步

——诗意的谦逊揭示了生命的真谛：一本书在突然打开之际，每一个汉字都是破碎的青瓷片，其阴影是沁入泥土的，需要旅行者孤独的脚步去挖掘。

在这个全球化的时代，只有诗意迷离的目光，致命的黑暗恋情，仗剑的刺客之心，漩涡铸就的笑容，菩萨颜料剥蚀的衣褶，或者，就仅仅是自然的肃杀，才可能引导一种远方，只有当诗意重返自然的雪意，"雪仿佛不能证明自己是雪"，"故乡白茫茫的江面／大雪纷纷……"，诗集最后的言辞，让汉字如同雪花一片片落下，洗涤我们的目光，才可能看到高处降临之物的闪烁与韵致。

其三，那么现代汉诗之所以贫乏，之所以陷入危机，在于当代诗人们不再游历这个世界了？或者说在这个全球化时代，旅行是否还有着意义？空间距离被技术缩短，时间差异也被图像表象化了，哪里还有远与近的差异？只有在心灵之中？

正是因为二十世纪八十年代有着旅行的时代冲动,正是去往大西北及其西藏的两次旅行,才有南方诗人海子的北方转变,才有他诗歌对远方的歌咏。但进入二十一世纪的我们,还要游历吗?或者仅仅是心灵内部的想象式游历?如同庞培并没有沿着谢阁兰的旅行路线做学术性追踪,而是在诗歌语词的想象中重新经历他的游历:那是诗意内在重新模拟的想象,也许还更为真实?这是去捕获谢阁兰心灵的目光:"人们彼此如何看见"?这个诗意的提问,要求的是心的目光。

一个异域猎奇者如何以好奇而新鲜的诗意目光凝视中国的?这个现代性起点上的原初凝视,可以重新启发我们观看我们这个充分现代化但却不断败落的祖国?这是诗意祖国的重建?国家不在了,山河污浊了,时世混浊了,哪里还有祖国?只有在诗意中重建一个现代性的祖国,这需要重新经历一遍已有的自然历史。

我们就看到庞培的中国书简,叠加了多重的自然性风光:四方地理风景的自然,历史废墟景观中的自然,童年庭院中的自然,文化历史交错的自然,从北海道到波尔多,从大海到沙漠,但都离不开一双童年寂然的眼神,只有纯净的目光,只有纯洁的心灵,才可能看到这自然的原生活力,当代汉语诗歌需要一种风景的背景,否则将会丧失它辽阔与寥廓的深度,从个体身体叙事与戏剧化虚构中超越出来。

最后,甚至,现代汉诗根本无法独自旅行,必须结伴同行——借助于异域旅行者的导览图——比如法国二十世纪初叶诗人谢阁兰旅行中国所写的文本书信以及诗集?

当代汉语诗人必须行囊里揣着一本异域诗人的诗集才可能走完旅程?谢阁兰说:"我是逆向写作的:首先感知中国,然后了解中国,彼此揉合然后确定下来。"因此,庞培的写作也是如此,他要以谢阁兰的目光来看待自己似乎熟悉的祖国,这并不美好的大好河山,只有诗歌可以幸免于劫难?这只有通过遗忘。

　　当诗歌成为一种遗忘时间的艺术，汉语的家园，即中国园林所启发的空白与空缺，才会重新唤醒古老的诗意，但这是汉字的重新书写，是让草丛蟋蟀的低吟，在招魂用的宣纸上画下无声无色的岁月，如同诗人在第九节写道的：

　　　　了解中国，最好用手摸一摸
　　　　这种纸的绵柔纸质
　　　　摸一摸中国的心跳
　　　　摸一摸汉字的轻叹
　　　　我分别听到我自己
　　　　幼年时婀娜的美……

　　——我相信，诗人庞培把这汉字婀娜的幼年之美重新昭示出来了，这是我们已经遗忘，却只能通过遗忘之梦想的目光才能看到的。

　　我愿意一次次打开这书简，与庞培的目光相遇……

二〇一五年二月
于中国人民大学

读庞培《途中——谢阁兰中国书简》

柏　桦

今晨,我的目光再一次决定性地跟随庞培的新诗集《途中——谢阁兰中国书简》慢慢移动。一个多月前,当我刚收到此书的电子文本时,给他回过一封短信。在信中,我说道:

所寄诗集反复读了几次,于今晨全部读完,但我仍以为这仅是初读,因这部书还需我再找适当的(决定性)机缘多次细读。不过,这本书带给我扑面而来的总体感非常好,此点无疑!其中时时闪现出你一贯的且具有专属你个人徽记的饱满热忱之抒情细笔。其中好诗真是太多了,尤其是后半部,特别密集。我最喜欢第51首,完全是神仙手笔(见后)。第41首也非常吸引我,一下就把我卷入了中国西部一个风雪交加的现场,而且此种写法堪称虚实相间、情景交融的写作典范(见后)。

如下,我将以诗文互见的形式向读者介绍庞培这本别具一格的新书。为何说别具一格?那是说此书看似出自谢阁兰——文本——之客体,实则出自庞培作为诗人这一绝对主体,以及他那入神的艺术匠心与手腕。先引来一首前面刚提到的第51首:

51

假定后世的人还记得他
他们会说:他的手上曾经拿过两本书

轮船航行过大海

仿佛骑手骑跨在马上

他们说:他每天晚上
都在等爱人来信

他到过的那个国家
很多地区和村庄,久已湮没

这就是我在一天午后做的事:
我踱出古南京城门。我的手上拿着两本书

读此诗,即便我们对其史迹未作全面之了解,也同样会被其
飘逸的古铜色美学所感染,不是吗,我就一下进入了"中午有太
古之感"(艾米莉·迪金森)的"午后"感觉,在幻觉中,仿佛"我踱
出古南京城门。我的手上拿着两本书"。其实,此诗之美清澈如
少年之明眸,不必啰嗦。在此,我更想掉转一笔,为读者指点出
其背后的故事;或者,这样说,我更想以这些故事与庞培这首诗
的文本来做一番互文对照阅读。

诗中的"他"正是庞培这本书中的主角——谢阁兰(Victor
Segalen,1878—1919)。这位与中国有着深缘的法国人的确是一
位奇人:他是职业医生、公使馆译员、考古学家、作家、旅行家、中
国古典文物学家、汉学家,而在这一切之上,他更是一位杰出的
诗人,所写之诗,篇篇与吾国乡野、城郊、寺院、名山、河流、都市、
陵园,甚至碑林有关。譬如他那本著名的诗集《碑》,就来自西安
古碑林的启示。

谢阁兰从小讨厌大海,但终其一生却以航海医生为主业。
这位年轻的医生,1902 年便乘船横渡大西洋,经纽约、旧金山,
去到南太平洋的法属波利尼西亚任医生。在那里,他边行医,边
进行毛利人传统艺术研究,同时搜集高更死后的画作并写出小
说《远古人》。有关谢阁兰所写毛利人的事迹,庞培在他这本书

中均有灵动的书写，这里不多说，仍回到此诗第二节，"轮船航行过大海/仿佛骑手骑跨在马上"。这二行诗的构句法读来特别谐于唇吻，给人有"船在海上，马在山中"（洛尔迦）的入画之感。除本身洋溢的诗性外，作者也顺手交待了谢阁兰的本事，即这位不爱海的诗人，却注定了被海所纠缠。且看：1909 年秋天，他又是坐着轮船，不远万里来到中国。在中国，谢阁兰"骑跨在马上"东奔西走（我就曾见过谢阁兰一帧摄于中国的相片，他骑在一匹美丽的白马上，英俊地微笑着），一会儿在天津讲授医学，一会儿去东北灭鼠疫，一会儿到长江上游测绘源流、水位，一会儿做西部考古，并写出《中国西部考古记》。如风一般的中国生活，一晃就是八年；1917 年，谢阁兰为在北京筹建法国汉学研究所，更是如风一般，来往穿梭于巴黎、北京。

1919 年的某一天，41 岁的谢阁兰突然瘁死于家中浓密的树荫下，手中正拿着一本莎士比亚的《哈姆莱特》，室内书桌上也正摊开着他那未竟的手稿《中国的石雕艺术》。真巧，恰恰是两本书。这犹如庞培在此诗首尾二节所示，即神秘地逸出之两句诗："他的手上曾经拿过两本书……我的手上拿着两本书"。当然，谢阁兰一生阅读、著述极多，岂只两本，仅有关中国的诗文及研究著作就有一百多万字。而诗人庞培仅此"两本书"，便举重若轻地画出了作为诗人的谢阁兰——他那法国人式的轻逸肖像，同时，也画出了所有轻逸诗人的肖像（包括庞培本人的肖像）。正是这"两本书"，让我在前面脱口说出了庞培这等笔法为"神仙手笔"。在其手笔中，即在这仅仅十行的小诗中，作者浓缩了谢阁兰一生的传奇，这传奇不仅属于谢阁兰，如前所说，也属于所有轻逸的诗人。为此，我可以说，这是一首个人的诗，也是一首普遍的诗；它担起了所有诗人的小任务，也赋予了所有诗人的大象征——人与书，及其之间的命运。

在如下第 33 首及 37 首中（这二首是我随手的取样，这样的诗在整本书中几乎贯彻始终，不胜枚举，甚至还有更隽永者），我们见到的亦不仅仅是谢阁兰的轻逸形象，更是庞培本人书写时

的轻逸之姿,这形象或姿势引我们流连忘返于诗行本身也低徊
遐思于一个诗人美丽的命运;谢阁兰或庞培,在这里,我们已分
不清到底是谁在打量着自己的形象并歌唱着我们祖国清秀的
山水:

33

我的祖国和我隔着一条河
一条夜晚的河流
岸的倒影中
我仿佛看见:
童年村庄的激滟波光
无名远方一样的夜雾……

37

一只跃上枝头的小鸟知晓
晨风多么轻巧

在古代
在一个清晨

你曾经是我
我曾是枝头那只小鸟

"无名远方一样的夜雾……"此句让我想起了晚唐诗人张祜
《题金陵渡》中那赶路或歇息的温暖旅愁:"金陵津渡小山楼,一
宿行人自可愁。潮落夜江斜月里,两三星火是瓜州。"也想起俄
罗斯早春的雾气,想起勃洛克的诗句"道路轻轻飘向远方"。诗
人的一生——谢阁兰和庞培——真是轻逸呀。

　　而在这轻逸的"晨风"之外,庞培在这本书里也有形体丰满的栩栩雕刻,踏实的纹理与细笔描摹,如下两首,虽是写谢阁兰在中国,尤其是写他在西部的探险生活,而我更乐意将其看作是作为诗人兼旅行家的庞培在祖国的大地上漫游的经历(需知庞培也曾在中国的西部,甘孜、西藏等地旅行过,并经受了"可是我的血液,我的心脏不行了/承受不了高原肆虐的风"这类冒险):

41

现在是午夜了
我的海军部译员身份仍旧有效
可是我的血液,我的心脏不行了
承受不了高原肆虐的风

经过了六个山
损失了两匹骆驼。一匹马
摔到底下湍急的岷江
损失了两箱食物,一箱佛经

除了心中的兰波
我身上的银两和焦虑
我不知道我还剩下什么
勇气? 一根剔牙的牙签?

这些风夹杂雨雹
今晚不会停。整整三天
我们的驼队停在这个黄教村子里
动弹不得。不! 明天天一亮就走

向导睡死了
渡河的艄公白天逃得无影无踪
厨师的锅坏了。村子
仿佛失事的船只在飓风中……

明天……前方还有更高的群山
前方百丈黄沙——
乱卷的乌云下面
世世代代的黑暗

46

悲痛的航行仍在继续
我无法作美的停留
我既已置身湍急的水流
就无法让自己归属陆地
能够到达的目的地，或许
是夜色本身，跟深邃的夜空
一样未知，我自己
也是未知本身，与我途经的一切相融合
我是中国人、欧洲人、日本人
我来自巴黎、德格、香港、南京
来自偏僻的雅安府
宝鸡、北海道、波尔多……
甚至无法追溯的古老种族的一支
我来自南太平洋的海滨渔村
来自陆路无法抵达的高原绝域
除了孤独，没有其他信仰
我的信仰在途中
不停地航行以及如何让船只避开隐滩

是我虔诚的祈愿之一
眼下这条由嘉陵江转称为长江的
河流,是我至圣的天主
江水是我的大教堂
水流奔腾,回荡的钟声——
来自海上飓风
啊,我灵魂的钟绳荡漾在风里
为什么一名纤夫的一生不是我的一生呢?
当他赤脚抵着江边的绝壁
用肩膀吃住逆流中船的力
我的命运果真是在上游
顶着冬天凛冽的寒风?

　　我还记得那难忘的 2008 年夏天,庞培与祝勇、蒋蓝一行去四川甘孜,那里夏日的风宛如冬风,而我们诗人的命运"果真是在上游/顶着冬天凛冽的寒风?"
　　再观全书,一遍览过,作者写的虽是"谢阁兰中国书简"之事,却处处让我看意到作者自己的思与行之事。在这最后五行里,我看到了 20 世纪初的一幕:谢阁兰正乘船驶向中国的寒流,旋即,他又恍若一名古代的勇士,策马驱入中国古老的西部;与此同时,我亦看到了庞培现在的故乡江阴,那里,宽阔的长江水面上,白雾茫茫,大雪纷飞;两位诗人,两位旅行家正在隔着东西方的百年时空,彼此眺望、彼此歌唱、难分难舍、意犹未尽:

64

轮船召唤着寒流
像古代的勇士身怀宝剑
我童年的心热烈追随

故乡白茫茫的江面
大雪纷纷……

二〇一〇年十二月二十八日
于成都市西南交通大学艺术与传播学院中文系

后　记

　　我最初看见的谢阁兰是在海上,是在即将抵达他的中国旅行第一站的南中国海上。轮船自法国的布列塔尼启航。看见他时我心头有一阵奇异的海上的风掠过。亦此,这首长诗是以一种"飘拂"的形式出现:"白衣飘飘"。诗人的身份是随航船而来、年轻的法国海军部医生。波浪、水、东西方之间辽阔而神秘的空间疆域精神交往以及某种浑浊大陆的土地颜色,或者说,古老的黄土地,始终是我的这首《途中——谢阁兰中国书简》诗作的基调,时辰也大多确定在清晨。当 1909 年,一个古老的欧洲帝国跟另一个更加古老的东方古国相邂逅碰撞,从巴黎,从遥远的法西兰帝国欣欣向荣的现代文明出发而抵达的对人生充满理想的年轻诗人在了不起然而败落的中国土地上一眼瞥见了某种失落和严重的绝望,同时夹杂新生的时间深处的希望。这就是我对百年前旅行在中国土地上的我们的"西方缪斯"最初心情的基本体验和界定。惟有这样异国他乡的幻想和头脑能够撞开晚清中国的大门,好像他同时代无数的诗人和外交官:陪伴在小皇帝身边的英国人庄士敦,远在他之前到达的意大利人郎世宁,他的同行圣-琼·佩斯,以及晚将近二十年后抵达上海的哲学家罗素……他们的眼光里都有某种令后世的人们兴奋和想入非非的奇遇的色彩。他们目力所见的古老中华帝国我们今天已经看不见。他们中间无论谁的到达或离去,都随着战火纷飞的 20 世纪一起消逝在了时间深处,失落成了真正的秘密和人性庄严。失落之后,留给我们后世的,仅仅是某种模糊的时空影像,伴随摄影术而来、作为无用的资料库存的灵魂的悸动:谢阁兰骑在马上。谢阁兰及其随从在中国北方的寺庙大门口留影。谢阁兰和他的两个中国仆人。谢阁兰在山西应县著名的木塔跟前……。那些照片似乎提供两类相辅相左的功效:既是印证、存留,也是涂抹、忘却;而在照片深处的诗人的西服口袋,鼓鼓囊囊的似乎刚刚塞进去一叠写给他心爱的妻子的家信:"玛沃娜,早晨我看见了日出……。""玛沃娜,佛像脸上的沉思表情一整晚萦绕在我脑海……"等等。这样的信件,这样隐秘的言辞、文字和心声,瞬间从一本叫做《谢阁兰中国书简》(上海书店出版社,2006年)的书上潮水般、闪电般向我袭来,而我,作为另一幻想文本的诗作者,我仿佛听见了时间的求爱声,一种人类的注定毁灭的真挚,从看不见的诗文字里行间迸射出来。这里:谢阁兰这个名字是一个不断表白的意乱情迷者,而我,作为被求爱者,亦即求爱对象,仿佛另一法国小说家拉克洛所著《危险的关系》中一名虚构的人物;例如,公爵夫人的女儿脸上溢出的光亮的眼泪般,瘫倒在了情人的怀抱。

> 在古老中国的残年夕照下
> 我,谢阁兰,著述甚丰
> 栩栩如生
> ——《途中——谢阁兰中国书简》节选

在诗歌的光照下,人的生和人的死,都有可能栩栩如生。是的,诗歌界定人的生死,正如词语留下消逝在人类旷野上的独角兽的足迹。我是四年前在书店里,在长排的书架跟前第一次从一大排书脊中抽出邹琰的译本:谢阁兰当年的书信。从书店走回家的路上,我已完成全诗64章节的大体构思。创作、修改和最终定稿化了大约两个月时间。初稿最先寄给柏桦、杨键等人,得到他们热情地响应。如果我要感谢什么,我大概会想及出书店门回家途中那一场雨,不断涌向我的人群、摊位、商店拐角、公交车站台以及同样莫名其妙激动人心的乱纷纷的街景。

庞培

2013 年 12 月 1 日晨

图书在版编目（CIP）数据

途中/庞培著
--上海：华东师范大学出版社，2015.6
ISBN 978 - 7 - 5675 - 3407 - 0

Ⅰ.①途… Ⅱ.①庞… Ⅲ.①诗集—中国—当代 Ⅳ.①1227

中国版本图书馆 CIP 数据核字（2015）第 077145 号

华东师范大学出版社六点分社

企划人 倪为国

途　中

著　　者　庞　培
责任编辑　古　冈
封面设计　何　旸

出版发行　华东师范大学出版社
社　　址　上海市中山北路 3663 号　邮编　200062
网　　址　www.ecnupress.com.cn
电　　话　021 - 60821666　行政传真　021 - 62572105
客服电话　021 - 62865537
门市（邮购）电话　021 - 62869887
地　　址　上海市中山北路 3663 号华东师范大学校内先锋路口
网　　店　http://hdsdcbs.tmall.com

印刷者　上海景条印刷有限公司
开　　本　890×1240　1/32
插　　页　1
印　　张　3.5
字　　数　80 千字
版　　次　2015 年 6 月第 1 版
印　　次　2015 年 6 月第 1 次
书　　号　ISBN 978 - 7 - 5675 - 3407 - 0/I · 1341
定　　价　28.00 元

出 版 人　王　焰